Analyse de l'œuvre

Par Dominique Coutant-Defer
et Alexandre Randal

La Chambre des officiers

de Marc Dugain

Rendez-vous sur lepetitlitteraire.fr et découvrez :

Plus de 1200 analyses
Claires et synthétiques
Téléchargeables en 30 secondes
À imprimer chez soi

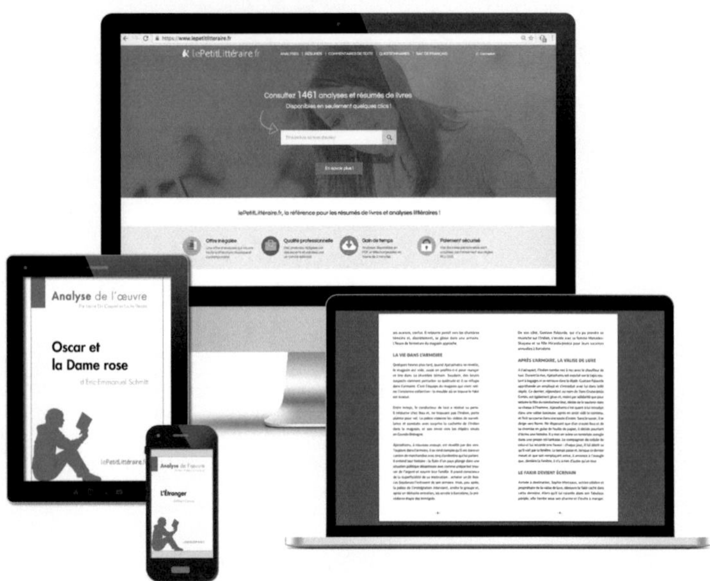

MARC DUGAIN

AUTEUR, METTEUR EN SCÈNE ET RÉALISATEUR FRANÇAIS

- **Né au Sénégal en 1957**
- **Quelques-unes de ses œuvres :**
  - *La Chambre des officiers* (1998), roman
  - *Une exécution ordinaire* (2007), roman
  - *La Bonté des femmes* (2011), film

Français né au Sénégal, Marc Dugain se consacre tout d'abord aux sciences politiques, à la finance et à l'aéronautique. Il s'engage ensuite dans l'écriture et publie des romans (*La Chambre des officiers*, *La Malédiction d'Edgar*, 2005, et *Une exécution ordinaire*) qui mettent en scène des personnages variés – officiers, hommes d'affaires, dirigeants – dans des situations critiques (guerre, pouvoir, espionnage). Il est également l'auteur de plusieurs recueils de nouvelles, d'un scénario de bande dessinée et d'une mise en scène de théâtre. Le succès de *La Chambre des officiers* l'amène à adapter son roman au cinéma en 2001. Il réalise également *Une exécution ordinaire* en 2010.

LA CHAMBRE DES OFFICIERS

QUAND LA GUERRE FAIT PERDRE TOUTE HUMANITÉ

- **Genre :** roman
- **Édition de référence :** *La Chambre des officiers*, Paris, Pocket, 1999, 171 p.
- **1ʳᵉ édition :** 1999
- **Thématiques :** Première Guerre mondiale, gueules cassées, regard, espoir, souffrance, traumatisme

La Chambre des officiers parait en 1998 et connait un grand succès. Ce bref roman, sobre et concis, a été inspiré à l'auteur par son enfance passée avec son grand-père au château des « Gueules cassées ». Écrit du point de vue du personnage principal, il retrace l'histoire d'Adrien Fournier, jeune officier français grièvement blessé au visage dès le début de l'offensive de 1914.

Adrien passe la guerre à l'hôpital du Val-de-Grâce, à Paris, où il subit de nombreuses opérations qui ne lui rendront toutefois jamais son ancien visage. Là, il se lie d'amitié avec deux autres officiers blessés. De retour dans la vie civile, il affronte le regard des autres, se marie et parvient à mener une existence normale.

Le schéma narratif de ce roman est linéaire et la temporalité suit une progression chronologique : départ pour la guerre, blessure, longue hospitalisation, guérison et, enfin, retour à la vie civile.

BLESSURES DE GUERRE

En 1914, Adrien Fournier est mobilisé. Il doit quitter son Périgord natal pour rejoindre Paris et prendre un train qui l'emmènera au front. À la gare, il rencontre une jeune femme, Clémence, désemparée car son fiancé vient de partir pour la guerre. Adrien décide alors de ne prendre le train que le lendemain et passe la nuit avec la jeune femme dans l'appartement qu'il loue à Paris. Il tombe amoureux d'elle et, souhaitant la revoir, lui laisse une lettre.

Il prend ses quartiers dans la Meuse, dans l'Est de la France, et dès le premier jour, assiste, abasourdi, à la mort d'un de ses hommes. Quelque temps plus tard, alors qu'il est parti en repérage, il tombe dans une embuscade. Près de lui retentit alors une détonation qui le défigure et emporte une partie de son visage. Il explique : « Je sens comme une hache qui vient s'enfoncer sous la base de mon nez. Puis on coupe la lumière. » (p. 29)

Resté inconscient plusieurs jours, il se réveille dans une infirmerie de campagne. Il ne peut ni parler, ni manger, souffre beaucoup et a perdu l'odorat. Il est évacué à l'hôpital militaire du Val-de-Grâce, à Paris. « La guerre a bel et bien commencé » (p. 33), remarque-t-il alors. Là-bas, il est installé dans la chambre réservée aux officiers dont un ouvrier vient enlever tous les miroirs. Il subit sa première opération et peut enfin se lever.

Les salles réservées aux simples soldats sont combles et deux nouveaux officiers, Penanster et Weil, sont installés à côté de lui. Ils jouent tous ensemble aux cartes pour tuer le temps. En 13 mois défilent dans la chambre de nombreux blessés qui décèdent ou repartent sommairement « réparés ». Cependant, le désespoir de certains les pousse à mettre fin à leurs jours. Adrien et ses amis s'ingénient alors à tout mettre en œuvre pour prévenir les tentatives de suicide qui se multiplient à l'hôpital.

Il écrit à ses parents, en minimisant ses blessures : « Je veux qu'on me mette entre parenthèses, ne pas être un sujet de préoccupation » (p. 46), affirme-t-il. Lorsqu'Alain Bonnard, son meilleur ami, vient lui rendre visite, Adrien lit l'horreur dans son regard. Par la suite, il refuse de voir ses cousins et le spectacle de la rue l'ennuie. « Je suis bien mieux ici, avec mes camarades » (p. 77), pense-t-Il. Plus tard, il apprend avec tristesse le décès d'Alain Bonnard qui, alors qu'il était réformé, avait insisté pour être envoyé au front.

Chaque nuit, le jeune homme rêve de Clémence, mais il reçoit une lettre dans laquelle la jeune femme lui annonce qu'elle ne veut plus le revoir. Déçu, il espère qu'il verra quand même « sa beauté se faner » (p. 66). Il explique : « Moi, le mutilé de la face, je ne vieillirai jamais. » (p. 66) Par ailleurs, il en vient à évoquer et à désirer la monotonie d'« une vie monacale, la souffrance en plus, l'illumination en moins » (p. 81).

Par la suite, Adrien subit une première greffe qui échoue, mais le médecin demeure confiant. Peu de temps après, il reçoit des prothèses qui lui permettent enfin d'articuler quelques mots. Dès lors, des liens intenses se créent entre les trois occupants permanents de la chambre. Ils refusent tacitement de trop penser et de se considérer comme des martyrs.

Plus tard, Weil découvre qu'une infirmière du front, Marguerite, blessée elle aussi au visage (« Elle était comme un parterre de roses, saccagé par le milieu », p. 87), occupe une chambre à l'écart. Elle est devenue sourde et communique par gestes avec les trois hommes, avec qui elle sympathise.

Le 14 juillet, ils décident de sortir. Cependant, Adrien est affolé de se retrouver dans la rue et ne parvient pas à lever les yeux. Les trois hommes tenteront à nouveau l'expérience, dans une maison close cette fois, pour essayer d'affronter le regard des femmes, mais Adrien en sortira déstabilisé.

En février 1917, il accepte sans grand enthousiasme la visite de sa sœur qui supporte vaillamment de le regarder, puis celle de sa mère, simplement contente que les organes vitaux de son fils n'aient pas été touchés.

Quelques mois plus tard, les blessés reprennent espoir en apprenant l'entrée en guerre des Américains, ce qui va peut-être hâter la fin du conflit. Adrien et ses deux amis songent alors à partir en Afrique : « Là-bas, un guerrier défiguré devenait un seigneur. » (p. 103) L'armistice est finalement signé le 11 novembre 1918 : « C'était un immense soulagement, tout cela n'avait pas été pour rien » (p. 123), explique Adrien.

RETOUR À LA VIE CIVILE

Le jeune homme quitte l'hôpital en avril 1919. Il doit désormais s'habituer au regard gêné ou compatissant des autres. « Mes seize opérations ne m'avaient pas rendu visage humain » (p. 126), constate-t-il. Il insiste pour retrouver son poste d'ingénieur commercial, s'opposant à son ancien patron qui lui propose un emploi hors de la vue du public. Il parvient peu à peu à s'accepter tel qu'il est et refuse la chirurgie esthétique.

Quelque temps plus tard, il est sollicité par Georges Clémenceau (homme politique français, 1841-1929) pour recevoir la Légion d'honneur et assister à la signature du traité de Versailles. Il est content que son sacrifice soit reconnu, mais plus heureux encore de retrouver ses deux amis, Penanster et Weil. Le premier retourne en Bretagne tandis que Weil travaille à l'aéroport du Bourget. Ils créent ensemble une association de « gueules cassées » à laquelle se joint Marguerite, qui a retrouvé son poste d'infirmière. Elle reste toutefois célibataire : « Une femme défigurée est inconcevable. » (p. 159)

Adrien retrouve également Clémence, dont le fiancé est mort à la guerre. Elle accepte d'entretenir avec lui des relations amicales, mais ils se perdent de vue car Adrien se marie en 1924 et devient papa deux ans plus tard. Il ne la revoit qu'en 1928, alors qu'elle est elle aussi mariée. Elle lui avoue cependant que s'ils s'étaient revus plus tôt, c'est peut-être lui qu'elle aurait fini par épouser, ce qui ébranle quelque peu Adrien.

En 1940, ne supportant plus la présence des Allemands à Paris, Adrien se réfugie chez Penanster. Ils hébergent Weil, menacé parce qu'il est juif. Quelques années plus tard, Penanster meurt d'une chute. Ses funérailles ont lieu à Saint-Louis-des-Invalides, en présence de Marguerite et de nombreux blessés de la Seconde Guerre mondiale (1939-1945), intimidés par leurs ainés de la Grande Guerre (1914-1918). Adrien et Weil se donnent pour nouvelle mission d'« apprendre la gaieté » (p. 172) à ces hommes pour qu'ils surmontent leurs traumatismes, comme eux-mêmes sont parvenus à vaincre les leurs.

ÉTUDE DES PERSONNAGES

ADRIEN FOURNIER

Narrateur du roman, Adrien est un jeune homme de 24 ans, ingénieur des Arts et Métiers, incorporé dans l'armée comme lieutenant. Clémence dit qu'il a un « visage parfait » (p. 61). Il a passé une enfance heureuse dans le Périgord et évoque souvent les souvenirs de cette période. Il travaille à Paris, où il réside dans un appartement.

Rien ne le prépare à la guerre. Épicurien et proche de la terre, il se dit « défenseur des valeurs païennes et en particulier de la cueillette des cèpes à la saison des châtaignes » (p. 15), et définit Dieu comme « un petit bonhomme sans queue » (*ibid.*). Il vit la mobilisation dans une sorte d'inconscience, renforcée par sa rencontre avec Clémence au même moment. Son arrivée au front lui évoque « un temps de rentrée des classes, beau et chaud » (p. 21). C'est seulement lorsqu'il assiste à la mort d'un homme de sa section qu'il s'aperçoit que « la rentrée des classes est terminée » (p. 26).

Il adopte tout au long du récit une certaine distance face aux évènements, regrettant simplement avec ironie cette « défaite sans combat » (p. 42) et l'absurdité de sa blessure. Survenue aux premiers jours de la guerre, celle-ci le prive d'histoires épiques à raconter par la suite.

Sa claustration à l'hôpital développe chez lui la réflexion, l'entraide et, paradoxalement, puisqu'il ne peut plus parler, le sens de la communication. À force de courage, il parvient à surmonter sa douleur et à réapprivoiser le regard de l'autre.

HENRI DE PENANSTER

Aristocrate breton, Henri de Penanster est un capitaine de cavalerie blessé dans l'Argonne. Profondément croyant, il passe une partie de son hospitalisation à sculpter une Vierge en bois. Ses camarades vantent sa distinction.

PIERRE WEIL

Aviateur juif gravement brulé dans l'attaque de son appareil par l'ennemi, Pierre Weil arrive chez « les esquintés de la trogne » (p. 43) en même temps que Penanster. Plus extraverti que ce dernier, énergique et bon vivant, il amuse souvent les autres par son humour décalé : « Je veux un nez, et pas un petit nez, un vrai nez de Juif. » (p. 72)

ALAIN BONNARD

Meilleur ami du narrateur, Alain Bonnard est ingénieur, comme lui. Handicapé d'une main, il regrette de n'avoir pu s'engager. Il compense son infirmité par une intelligence supérieure et admire Adrien, qui représente à ses yeux « un accomplissement physique hors de sa portée, qu'il aurait volontiers échangé contre une intelligence moins vive » (p. 48). Une profonde amitié lie ces deux jeunes gens dissemblables qui peuvent être considérés comme des doubles inversés.

CLÉMENCE

Clémence est fiancée à un pianiste qui meurt sur le front. Musicienne, elle fréquente les milieux artistiques parisiens et déteste la campagne, contrairement à Adrien, homme de la terre et amateur de plaisirs simples. Ce dernier ressent pourtant de l'amour pour elle – sentiment qu'il dit ne jamais avoir éprouvé auparavant –, et ce dès leur première rencontre.

Après avoir repoussé une première fois Adrien, elle finit par accepter de nouer des liens d'amitié avec celui-ci peu après sa sortie de l'hôpital.

MARGUERITE

Marguerite est la seule femme parmi « les gueules cassées ». Coupant les ponts avec sa riche famille – « tous réformés ou embusqués » (p. 88) –, elle s'engage comme infirmière sur le front, où elle est atteinte par un obus. Sa blessure laisse pourtant deviner, par sa gravité même, sa beauté passée. Les trois amis louent son courage et sa douceur. Sacralisée comme une icône de la guerre, cette deuxième grande figure féminine du roman inspire le respect.

CLÉS DE LECTURE

LA GUERRE, UN THÈME DÉVOYÉ

Alors que les évocations littéraires de la guerre tendent souvent au lyrisme, exaltant le patriotisme et le courage des soldats, Marc Dugain adopte d'emblée un autre registre, dénué d'emphase. Son écriture est simple et le niveau de langue courant, voire familier.

Une guerre tronquée

« La guerre de 14, je ne l'ai pas connue. » Cette première phrase de l'incipit, d'apparence paradoxale, place immédiatement le récit en porte-à-faux par rapport à la manière dont on représente habituellement la guerre, celle du front et des tranchées.

La Première Guerre mondiale, en tant que succession d'évènements militaires et politiques, est rarement abordée dans le livre : on en parle peu dans la chambre des officiers. Quelques dates jalonnent le texte, pour fournir des repères chronologiques au lecteur, mais les faits qui s'y rattachent ne sont pas toujours cités. La grande offensive de Verdun qui a eu lieu en 1916 n'est, par exemple, pas mentionnée : le seul plan de bataille évoqué est celui du grand-père du narrateur prévoyant une cueillette de champignons.

Dans la chambre des officiers, le temps semble suspendu. La seule actualité pour les blessés est celle de leurs souffrances quotidiennes, pas celle de l'Histoire : « La guerre se déroulait au loin, derrière un rideau de fumée. » (p. 112)

Les ennemis, Adrien ne les a jamais vus en face et ne les découvre qu'après l'armistice, lorsqu'il assiste à la signature du traité de Versailles. La guerre, c'est enfermé pendant quatre ans dans une chambre d'hôpital qu'il la vit, face « à l'ennemi intérieur » (p. 66) et à son visage, méconnaissable. Le point de vue interne adopté pour la narration accentue cette réflexion tragique.

Un antimilitarisme sous-jacent

Le désintérêt d'Adrien pour les évènements extérieurs, ainsi que le dégout et la colère qu'il éprouve face au nombre croissant de blessés qui échouent à l'hôpital s'accompagne parfois d'une critique acerbe de l'armée. Le refus du narrateur de faire figure de héros (il décline dans un premier temps la Légion d'honneur) et d'encourager la poursuite des combats pour vaincre à tout prix ne va pas en effet sans quelques critiques implicites des grands chefs qui orchestrent le conflit meurtrier. En 1917, « [l]a grande offensive du général Nivelle [...] fut un tel massacre que, pour la première fois, on dut garer les gueules cassées dans les couloirs » (p. 119), souligne par exemple Adrien. Il remarque également que la chambre réservée aux officiers supérieurs ne comptera jamais que trois blessés alors que la salle des simples soldats ne désemplit pas, semblant ainsi sous-entendre que les gradés participent peu aux combats sur les champs de bataille. Aussi la remarque du ministre de la Guerre, qui souhaite à Adrien (qui paie déjà un lourd tribut avec son visage détruit) de pouvoir bientôt retourner au front, apparait-elle également comme ridicule et déplacée. Le même cynisme est aussi à l'œuvre chez le médecin-chef, pourtant très dévoué à ses malades.

Il apprécie en effet que la guerre fasse progresser la chirurgie maxillofaciale, qui tente de réparer tant bien que mal les
visages détruits.

LA CHAIR BLESSÉE

Les nombreuses scènes consacrées à la description des
traumatismes subis par les combattants sont empreintes
de sobriété et de réalisme. Chez Dugain, on ne trouve pas,
comme c'est le cas chez Louis-Ferdinand Céline (écrivain
français, 1894-1961) dans *Voyage au bout de la nuit* (1932)
notamment, d'esthétisation morbide de l'horreur.

L'épisode tragique de l'attaque du régiment d'Adrien dans
la Meuse, qui occasionne sa terrible blessure, n'est rapporté
que brièvement. Il clôt le deuxième chapitre en une chute
magistrale, inattendue, dans laquelle le présent de la narration renforce l'impression d'instantanéité. Comme souvent
dans le roman, les phrases sont courtes, parfois nominales,
le rythme rapide, et il n'y a pas de liaison entre les proposi-
tions : « Pied à terre. Je m'installe contre un bouleau. Une
détonation part de tout près. Un sifflement d'un quart de
seconde. [...] Je sens comme une hache qui vient s'enfoncer
sous la base de mon nez. Puis on coupe la lumière. » (p. 29)

Presque à chaque page, le lecteur a la vision crue des visages
meurtris. Par exemple, lorsque Penanster arrive dans la
chambre des officiers, Adrien note : « La moitié de son
menton a été emportée par un éclat d'obus qui lui a déchiré
la carotide au passage. L'œil crevé, l'orbite défoncée, c'est
un fer à cheval qui l'a heurté. » (p. 65) Mais aucun sentimen-
talisme – l'auteur le distille uniquement dans les passages

consacrés à l'amour ou à la nature – qui s'attarderait sur la souffrance engendrée n'apparait dans le texte. Celle-ci est évoquée, mais ne donne pas lieu à de longs développements. « Les dents ont été pulvérisées... La douleur se réveille dans mes sinus pour se répandre dans tous les tissus de la face » (p. 37), constate Adrien lorsqu'il fait l'inventaire de ses blessures. « Je ne peux rien dire. Et quand bien même, je n'ai rien à dire » (p. 40), ajoute-t-il. La pitié du lecteur n'est jamais sollicitée.

Le narrateur instaure même de la dérision, voire un humour macabre dans certaines descriptions, par exemple lorsqu'il compare son camarade, aviateur gravement brulé, à « un grand caramel » (p. 56), et la cavité de son œil perdu à « un nid d'oiseau pillé » (p. 52). L'auteur instaure une mise à distance entre la guerre et les blessures qu'elle provoque, n'encourageant de la sorte aucune commisération.

L'UNION DES BLESSÉS DE LA FACE ET DE LA TÊTE

Selon le chirurgien maxillofacial François-Xavier Long : « Lors de la Première Guerre mondiale, on a assisté à l'émergence d'une blessure qu'on ne connaissait pas à grande échelle, la blessure faciale. Durant le conflit, 11 à 14 % des blessés étaient touchés au visage. Il y avait bien sûr des blessures de la face depuis l'Antiquité, mais pas d'une telle ampleur. Les fusils, les obus, les shrapnels ou encore les lance-flammes de ce premier conflit mondial ont provoqué des dégâts considérables. » (TROUILLARD S., « Grande Guerre : les Gueules cassées "faisaient tache dans la population" », in *France24*)

Durant cette période, c'est entre 10 000 et 15 000 hommes qui ont été blessés au visage en France. Ceux-ci sont parfois abandonnés sur le champ de bataille, laissés pour morts alors qu'ils sont encore en vie. Les plus chanceux d'entre eux sont emmenés à l'arrière, dans les centres spécialisés qui commencent à voir le jour. Le Val-de-Grâce, où est évacué Adrien Fournier, le protagoniste du roman, est l'un d'entre eux : les blessés y bénéficient des progrès, considérables, faits en matière de chirurgie réparatrice.

Après la guerre, les défigurés sont mis au ban de la société, l'opinion publique préférant en effet oublier cette période sombre dont les traces restent trop évidentes sur leurs visages. En outre, ils doivent également faire face aux regards fuyants ou peu amènes, parfois même de la part de leur propre famille.

Alors qu'ils ne sont pas reconnus en tant qu'invalides de guerre, ces frères d'armes s'organisent et se soutiennent : cela mène à la fondation de l'Union des blessés de la face et de la tête en 1921. Plus communément connus sous l'appellation des « gueules cassées », ils prennent comme devise « sourire quand même », témoignant de la sorte d'une dérision exceptionnelle.

Cette union est créée par trois blessés de 14-18 : le Colonel Picot (1862-1938), l'inventeur de l'expression des « gueules cassées », Bienaimé Jourdain (1890-1948) et Albert Jugon (1890-1959). Ce dernier est, à la demande du président français Georges Clémenceau, l'un des quelques mutilés à assister à la signature du traité de paix de Versailles, le 28 juin 1919. Pour les besoins du roman, Marc Dugain fait également assister à cet évènement son personnage central (fictif).

UNE FOCALISATION SUR L'INTIME

Du champ de bataille à la chambre des officiers

Le récit, par une ellipse saisissante, voit passer Adrien des vastes étendues du front militaire de l'Est de la France à l'incarcération sanitaire, au huis clos d'une chambre d'hôpital. Le lecteur passe ainsi de la grande Histoire collective, celle enseignée par les manuels scolaires, à l'histoire individuelle d'Adrien, du carnage en masse des champs de bataille au calvaire particulier que le héros endure quotidiennement, par exemple pendant les exercices de rééducation dans la « chambre des suppliciés » (p. 68).

Les opérations chirurgicales successives qu'il subit illustrent également ce mouvement intrusif. Elles traversent la surface du visage, mettent à nu l'intérieur du crâne et s'attaquent au cerveau, siège de la pensée, allant « au plus profond des tissus, d'une intimité nerveuse » (p. 70) – les champs lexicaux utilisés accentuant cette idée de creusement.

Outre la claustration physique dans l'hôpital, les soldats doivent accepter un certain repli sur eux-mêmes, une forme d'enfermement mental, qui limite leurs contacts avec le monde environnant.

La déshumanisation

Blessés aux oreilles, à la langue ou aux yeux, les soldats ont en effet souvent perdu un ou plusieurs de leurs sens, qui permettaient la communication avec autrui. De plus, les visages, sièges de l'expression, sont méconnaissables. Pour traduire cela, Marc Dugain recourt fréquemment à des comparaisons et des métaphores animales, en particulier avec les oiseaux et leur bec (le nez des soldats, relief proéminent du visage, est en effet souvent atteint). Le narrateur signale par exemple que Penanster, à force de rééducation, sera bientôt « en mesure d'ouvrir le bec aussi largement que le corbeau de La Fontaine » (p. 68), se compare lui-même à une chouette blanche (p. 63) et regrette que Weil doive se contenter comme prothèse d'un « nez de carton, un demi-bec d'oiseau » (p. 73). Adrien évoque également les visages « simiesques » (p. 78) qui peuplent la chambre, et les greffes qu'il détaille sont souvent effectuées avec des cartilages animaux.

Privés de communication, comparés à des oiseaux ou à des singes, réduits à émettre des grognements d'animaux et fondus avec ces derniers par les greffes, les blessés de la chambre des officiers perdent ainsi une partie de leur humanité.

L'image de soi

Cette assimilation fréquente des blessés aux animaux ne peut manquer d'altérer profondément l'image qu'ils ont d'eux-mêmes. Même si Adrien n'évoque jamais la beauté passée de son visage, que Clémence avait admiré, il ne peut s'empêcher d'avoir une réaction violente, involontaire, lorsqu'il aperçoit pour la première fois le reflet de son visage ravagé : « Je m'étonne de ne pas avoir envie de pleurer, et je suis d'autant plus surpris quand mon estomac, consciencieusement, se met à vomir » (p. 60), explique-t-il.

Les mutilations du visage sont les plus dommageables pour ces soldats, car elles affectent le rapport qu'ils entretiennent avec eux-mêmes et avec les autres davantage que ne le feraient des blessures gênant leur motricité, par exemple. Ainsi, c'est Penanster qui est délégué pour établir le premier contact avec Marguerite parce que « [s]es blessures lui [ont] laissé un profil droit presque intact » (p. 87), note Adrien. Les soldats blessés à la face subissent donc un préjudice corporel, mais aussi moral, d'ordre narcissique.

LES FIGURES FÉMININES

Les figures féminines prennent un relief particulier dans ce monde exclusivement masculin. Trois images féminines émergent du texte, incarnant chacune un sentiment différent.

Clémence

Adrien est attiré par Clémence dès leur première rencontre, et leur brève relation au début du roman n'est pas uniquement passagère à ses yeux. La jeune femme occupe ses pensées tout au long de son séjour à l'hôpital et il cherche à la retrouver ensuite, même si elle l'a clairement éconduit et qu'il se sait défiguré à vie : « Je sais que je la reverrai, cela dût-il prendre des mois, des années » (p. 66), affirme le jeune homme. Clémence incarne donc l'amour.

Marguerite

Les premières apparitions de Marguerite sont décrites en insistant sur les restes de son ancienne beauté, et Adrien et ses amis essayent au début de se présenter auprès d'elle à leur avantage. Mais ils n'entretiendront avec cette jeune femme que des rapports d'amitié et de profonde admiration pour son courage sur le front et sa manière de faire face à l'adversité : « Ébahis, nous l'écoutions, intimidés par cette grande femme au charisme inaltéré » (p. 88), dit Adrien. Elle incarne le courage.

Les infirmières et les prostituées

Les infirmières sont dans une proximité physique constante avec les officiers blessés, ce qui encourage ces derniers à les courtiser. Ils se réjouissent en effet que les plus jolies infir-mières aient été affectées à leur étage. Mais ils apprennent que cette décision n'a pour but que de dégouter celles qui seraient enclines à s'attacher aux malades. Weil tente pourtant sa chance avec l'une d'elles, « partant du principe que le charme n'a rien à voir avec la beauté » (p. 72). Il doit pourtant confesser son échec un peu plus tard.

Quant aux prostituées, les jeunes officiers doivent payer très cher leurs services à cause de leur aspect repoussant. Leur fréquentation n'engendre que la confusion et l'amertume chez Adrien, qui ne les côtoyait pas avant la guerre.

Infirmières et prostituées incarnent le désir. C'est sans doute cette relation aux femmes qui est la plus difficile à rétablir pour ces hommes qui ont perdu une grande partie de leur attrait physique.

UN ROMAN À PART

Au contraire d'un roman tel que *14* de Jean Echenoz (écrivain français, 1947), *La Chambre des officiers* ne parle qu'indirectement de la guerre. Dans *14*, l'auteur évoque le destin de cinq hommes lorsque la Première Guerre mondiale éclate : c'est avant tout le quotidien de ces soldats durant la guerre des tranchées qui est au centre du récit.

Ce n'est pas le cas dans le roman de Marc Dugain où Adrien ne passe en réalité que quelques jours sur le front avant de se faire défigurer par un obus et d'être rapatrié afin de soigner ce qui peut l'être de sa blessure. La suite du récit se déroule dans le Val-de-Grâce, à l'arrière du front, où il ne côtoiera plus que des blessés de guerre comme lui. Ce faisant, l'auteur adopte une posture totalement originale.

La littérature de guerre évoque en effet, le plus souvent, la vie des soldats dans les tranchées et ce qu'elle implique : un quotidien fait d'attente, de boue et de mort, comme c'est par exemple le cas dans *Le Feu* (1916) d'Henri Barbusse (écrivain français, 1873-1935). Ayant lui-même été soldat, Barbusse n'hésite pas à en peindre un tableau fait d'horreur, ne passant pas sous silence les atrocités qui s'y sont déroulées. C'est le cas d'autres témoignages de cette époque, qui donnent le point de vue du soldat, mettant en lumière leur quotidien durant la guerre. À côté de ceux-ci, on retrouve également toute une littérature fictionnelle, parfois écrite par des auteurs ayant combattu. C'est le cas notamment de Louis Ferdinand Céline (écrivain français, 1894-1961) qui brosse un portrait incisif de la guerre dans la première partie de *Voyage au bout de la nuit*. Ce roman antimilitariste met en lumière le sentiment de l'horreur vécue par les soldats et l'absurde qui se dégage de toute cette boucherie :

> « Quant au colonel, lui, je ne lui voulais pas de mal. Lui pourtant aussi il était mort. Je ne le vis plus, tout d'abord. C'est qu'il avait été déporté sur le talus, allongé sur le flanc par l'explosion et projeté jusque dans les bras du cavalier à pied, le messager, fini lui aussi. Ils s'embrassaient tous les deux pour le moment et pour toujours, mais le cavalier n'avait plus sa tête, rien qu'une ouverture au-dessus du cou, avec du sang dedans qui mijotait en glouglous comme de la confiture dans la marmite. Le colonel avait son ventre ouvert, il en faisait une sale grimace. [...] Tant pis pour lui ! S'il était parti dès les premières balles, ça ne lui serait pas arrivé. » (p. 39)

À cette description du désastre que connaissent les soldats dans les tranchées, Marc Dugain oppose une analyse minutieuse qui ne concerne cette fois pas la vie sur le front, mais bien la blessure d'un défiguré. Ainsi, le médecin de l'hôpital, auscultant un blessé, décrit de manière extrêmement précise les blessures, occasionnées par un obus, sur le visage meurtri du malheureux soldat. Le bas de son visage est totalement dévasté : il ne reste pas grand-chose de sa mâchoire supérieure et de son palais, et sa langue est en charpie.

La Chambre des officiers met donc le lecteur face à une réalité oubliée, qui n'est que très peu évoquée. Au fil des pages, Marc Dugain témoigne de la souffrance inhérente à la guerre, mais, au contraire de Céline et des romans de la guerre, qui en montrent la violence, Dugain leur préfère le portrait psychologique des blessés, se concentrant sur un aspect moins évoqué : la difficulté pour les « gueules cassés » de vivre et leur dure reconstruction après ce qui leur est arrivé.

> « La guerre de 14, je ne l'ai pas connue. Je veux dire, la tranchée boueuse, l'humidité qui traverse les os, les gros rats noirs au pelage d'hiver qui se faufilent entre les détritus informes, les odeurs mélangées de tabac gris et d'excréments mal enterrés, avec, pour couvrir le tout, un ciel métallique uniforme qui se déverse à intervalles réguliers comme si Dieu n'en finissait plus de s'acharner sur le simple soldat. C'est cette guerre-là que je n'ai pas connue. » (p. 9)

Ainsi, la vie dans les tranchées et sur le front n'est pas la seule guerre, il y a aussi celle qui se joue à l'arrière, pour les nombreux blessés.

PISTES DE RÉFLEXION

QUELQUES QUESTIONS POUR APPROFONDIR SA RÉFLEXION...

- En quoi la facture classique du roman traduit-elle l'état d'esprit du personnage principal ?
- Quels sont les points communs et les divergences entre *La Chambre des officiers* et la première partie de *Voyage au bout de la nuit* de Céline ?
- En quoi Adrien Fournier peut-il être considéré comme un antihéros ?
- En quoi les blessures des soldats participent-elles à leur déshumanisation ?
- « Nous nous sommes parlé du langage du poisson-mouche. » (p. 78) Selon vous, pourquoi la communication occupe-t-elle une place centrale dans *La Chambre des officiers* ?
- Étudiez l'opposition ville/campagne qui apparait souvent en filigrane dans le roman.
- Le narrateur fait allusion au mythe de Sisyphe. En quoi ce mythe grec peut-il illustrer sa situation ?
- L'adaptation cinématographique du roman vous parait-elle fidèle au texte ? Justifiez vos réponses par des arguments et des exemples.
- Étudiez les rapports qu'Adrien entretient avec sa famille. En quoi sont-ils modifiés après sa blessure ?
- Comparez la manière dont le thème de la guerre est traité dans ce roman et dans *Au revoir là-haut* (2013) de Pierre Lemaitre (écrivain et scénariste français, né en 1951) et dans *14* (2012) de Jean Echenoz.

Votre avis nous intéresse !
Laissez un commentaire sur le site de votre librairie en ligne
et partagez vos coups de cœur sur les réseaux sociaux !

POUR ALLER PLUS LOIN

ÉDITION DE RÉFÉRENCE

- DUGAIN M., *La Chambre des officiers*, Paris, Pocket, 1999.

ÉTUDES DE RÉFÉRENCE

- DELAPORTE S., « Le traité de Versailles », in *Histoire par l'image*, consulté le 6 septembre 2016, http://www.histoire-image.org/etudes/traite-versailles?i=112
- « Gueules cassées », in *Gueules cassées – Sourire quand même*, consulté le 6 septembre 2016, http://www.gueules-cassees.asso.fr/srub_6-generalites.html
- GUIRIMAND N., « De la réparation des "gueules cassées" à la "sculpture du visage". La naissance de la chirurgie esthétique en France pendant l'entre-deux-guerres », in *Actes de la recherche en sciences sociales*, 2005, n° 156-157, p. 72-87, consulté le 6 septembre 2016, www.cairn.info/revue-actes-de-la-recherche-en-sciences-sociales-2005-1-page-72.htm
- « Les gueules cassées : victimes sans visage d'une guerre mécanisée », in *Bibliothèque Clermont université*, mai 2014, consulté le 6 septembre 2016, http://buclermont.hypotheses.org/1311
- TROUILLARD S., « Grande Guerre : les Gueules cassées "faisaient tache dans la population" », in *France24*, décembre 2014, consulté le 6 septembre 2016, http://www.france24.com/fr/20141016-grande-guerre-gueules-cassees-blessures-face-medecine-colloque-operation

ADAPTATION

- *La Chambre des officiers*, film de François Dupeyron, avec Éric Caravaca, Sabine Azéma et André Dussollier, France, 2001.

www.lepetitlitteraire.fr/

ISBN version numérique : 978-2-8062-1951-0
ISBN version papier : 978-2-8062-1097-5
Dépôt légal : D/2013/12603/484

Avec la collaboration d'Alexandre Randal pour le chapitre « Un roman à part » et pour l'encadré : « L'Union des blessés de la face et de la tête ».

Conception numérique : Primento,
le partenaire numérique des éditeurs.

Ce titre a été réalisé avec le soutien de la Fédération Wallonie-Bruxelles, Service général des Lettres et du Livre.

Retrouvez notre offre complète sur lePetitLittéraire.fr

- des fiches de lectures
- des commentaires littéraires
- des questionnaires de lecture
- des résumés

ANOUILH
- Antigone

AUSTEN
- Orgueil et Préjugés

BALZAC
- Eugénie Grandet
- Le Père Goriot
- Illusions perdues

BARJAVEL
- La Nuit des temps

BEAUMARCHAIS
- Le Mariage de Figaro

BECKETT
- En attendant Godot

BRETON
- Nadja

CAMUS
- La Peste
- Les Justes
- L'Étranger

CARRÈRE
- Limonov

CÉLINE
- Voyage au bout de la nuit

CERVANTÈS
- Don Quichotte de la Manche

CHATEAUBRIAND
- Mémoires d'outre-tombe

CHODERLOS DE LACLOS
- Les Liaisons dangereuses

CHRÉTIEN DE TROYES
- Yvain ou le Chevalier au lion

CHRISTIE
- Dix Petits Nègres

CLAUDEL
- La Petite Fille de Monsieur Linh
- Le Rapport de Brodeck

COELHO
- L'Alchimiste

CONAN DOYLE
- Le Chien des Baskerville

DAI SIJIE
- Balzac et la Petite Tailleuse chinoise

DE GAULLE
- Mémoires de guerre III. Le Salut. 1944-1946

DE VIGAN
- No et moi

DICKER
- La Vérité sur l'affaire Harry Quebert

DIDEROT
- Supplément au Voyage de Bougainville

DUMAS
- Les Trois
  Mousquetaires

ÉNARD
- Parlez-leur
  de batailles,
  de rois et
  d'éléphants

FERRARI
- Le Sermon sur la
  chute de Rome

FLAUBERT
- Madame Bovary

FRANK
- Journal
  d'Anne Frank

FRED VARGAS
- Pars vite et
  reviens tard

GARY
- La Vie devant soi

GAUDÉ
- La Mort du
  roi Tsongor
- Le Soleil des
  Scorta

GAUTIER
- La Morte
  amoureuse
- Le Capitaine
  Fracasse

GAVALDA
- 35 kilos d'espoir

GIDE
- Les
  Faux-Monnayeurs

GIONO
- Le Grand
  Troupeau
- Le Hussard
  sur le toit

GIRAUDOUX
- La guerre de
  Troie
  n'aura pas lieu

GOLDING
- Sa Majesté des
  Mouches

GRIMBERT
- Un secret

HEMINGWAY
- Le Vieil Homme
  et la Mer

HESSEL
- Indignez-vous !

HOMÈRE
- L'Odyssée

HUGO
- Le Dernier Jour
  d'un condamné
- Les Misérables
- Notre-Dame
  de Paris

HUXLEY
- Le Meilleur
  des mondes

IONESCO
- Rhinocéros
- La Cantatrice
  chauve

JARY
- Ubu roi

JENNI
- L'Art français
  de la guerre

JOFFO
- Un sac de billes

KAFKA
- La Métamorphose

KEROUAC
- Sur la route

KESSEL
- Le Lion

LARSSON
- Millenium I. Les
  hommes qui
  n'aimaient pas
  les femmes

LE CLÉZIO
- Mondo

LEVI
- Si c'est un
  homme

LEVY
- Et si c'était vrai…

MAALOUF
- Léon l'Africain

MALRAUX
- La Condition humaine

MARIVAUX
- La Double Inconstance
- Le Jeu de l'amour et du hasard

MARTINEZ
- Du domaine des murmures

MAUPASSANT
- Boule de suif
- Le Horla
- Une vie

MAURIAC
- Le Nœud de vipères

MAURIAC
- Le Sagouin

MÉRIMÉE
- Tamango
- Colomba

MERLE
- La mort est mon métier

MOLIÈRE
- Le Misanthrope
- L'Avare
- Le Bourgeois gentilhomme

MONTAIGNE
- Essais

MORPURGO
- Le Roi Arthur

MUSSET
- Lorenzaccio

MUSSO
- Que serais-je sans toi ?

NOTHOMB
- Stupeur et Tremblements

ORWELL
- La Ferme des animaux
- 1984

PAGNOL
- La Gloire de mon père

PANCOL
- Les Yeux jaunes des crocodiles

PASCAL
- Pensées

PENNAC
- Au bonheur des ogres

POE
- La Chute de la maison Usher

PROUST
- Du côté de chez Swann

QUENEAU
- Zazie dans le métro

QUIGNARD
- Tous les matins du monde

RABELAIS
- Gargantua

RACINE
- Andromaque
- Britannicus
- Phèdre

ROUSSEAU
- Confessions

ROSTAND
- Cyrano de Bergerac

ROWLING
- Harry Potter à l'école des sorciers

SAINT-EXUPÉRY
- Le Petit Prince
- Vol de nuit

SARTRE
- Huis clos
- La Nausée
- Les Mouches

SCHLINK
- Le Liseur

SCHMITT
- La Part de l'autre
- Oscar et la Dame rose

SEPULVEDA
- Le Vieux qui lisait des romans d'amour

SHAKESPEARE
- Roméo et Juliette

SIMENON
- Le Chien jaune

STEEMAN
- L'Assassin habite au 21

STEINBECK
- Des souris et des hommes

STENDHAL
- Le Rouge et le Noir

STEVENSON
- L'Île au trésor

SÜSKIND
- Le Parfum

TOLSTOÏ
- Anna Karénine

TOURNIER
- Vendredi ou la Vie sauvage

TOUSSAINT
- Fuir

UHLMAN
- L'Ami retrouvé

VERNE
- Le Tour du monde en 80 jours
- Vingt mille lieues sous les mers
- Voyage au centre de la terre

VIAN
- L'Écume des jours

VOLTAIRE
- Candide

WELLS
- La Guerre des mondes

YOURCENAR
- Mémoires d'Hadrien

ZOLA
- Au bonheur des dames
- L'Assommoir
- Germinal

ZWEIG
- Le Joueur d'échecs

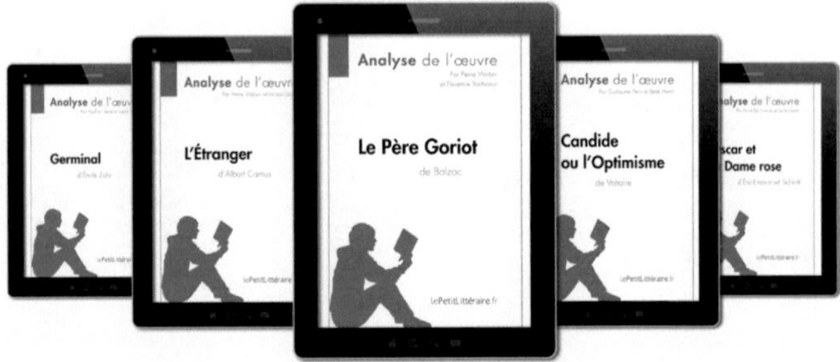